três contos de o. henry

O. Henry

completa o quadrado mágico do conto norte-americano, surgido no final do século 19, ao lado de Edgar Allan Poe, Nathaniel Hawthorne e Bret Harte. É autor de centenas de histórias curtas publicadas em jornais e revistas e só coligidas pouco antes de sua morte, em 1910. Os **TRÊS CONTOS** deste volume foram traduzidos por **FERNANDO PESSOA** e saíram na revista portuguesa Athena, entre 1924 e 1925. 'A decisão de Georgia', 'A teoria e o cão' e 'Os caminhos que tomamos' são agora reunidos pela primeira vez.

Todos os direitos desta edição reservados à Editora Barracuda

EDITORA Alyne Azuma
ORGANIZAÇÃO Jorge Henrique Bastos
CAPA Marcelo Girard
PROJETO GRÁFICO Pedro Barros
REVISÃO DE TEXTO Ricardo Jensen de Oliveira

Dados Internacionais de Catalogação na Publicação (CIP)
(Câmara Brasileira do Livro, SP, Brasil)

Henry, O., 1862-1910.
    Três contos de O. Henry / tradução Fernando
Pessoa ; [organização Jorge Henrique Bastos]. --
São Paulo : Editora Barracuda, 2008.

ISBN 978-85-98490-22-9

    1. Contos norte-americanos I. Pessoa, Fernando,
1888-1935. II. Bastos, Jorge Henrique. III. Título.

08-06022   CDD-813

Índices para catálogo sistemático:

    1. Contos : Literatura norte-americana   813

1ª edição, 2008

Editora Barracuda
Rua General Jardim, 633, cj 61
CEP 01223-011   São Paulo, SP
Tel/Fax : 11 3237-3269
www.ebarracuda.com.br

Sumário

9   INTRODUÇÃO
Jorge Henrique Bastos

25   A DECISÃO DE GEORGIA

49   A TEORIA E O CÃO

69   OS CAMINHOS QUE TOMAMOS

Introdução

O poeta Fernando Pessoa dispensa apresentação. Sua bibliografia é extensa, e inúmeros especialistas já exploraram aspectos da obra e da vida em pesquisas abrangentes, estudos rigorosos, análises esclarecedoras. Mesmo o seu trabalho tradutório foi alvo de estudos publicados em Portugal e no Brasil[1]. No caso específico das suas traduções de ficção, os nomes de Nathaniel Hawthorne e O. Henry são os mais referenciados, demonstrando que o poeta mantinha um interesse contínuo por autores anglo-saxões, resultado da sua formação juvenil.

Fez seus estudos em Durban, África do Sul, para onde se mudara, em 1896, após o segundo casamento da mãe, e o aprendizado do inglês foi fulgurante, transformando-se

---

[1] Ver *Fernando Pessoa Poeta – Tradutor de Poetas*, org. Arnaldo Saraiva, Nova Fronteira, RJ, 1999.

na sua segunda língua. Nove anos depois, o poeta ancora em Lisboa para matricular-se no Curso Superior de Letras, abandonando no ano seguinte a faculdade. Fundou, em 1907, uma tipografia que jamais decolou. Um ano mais tarde, dá início à sua atividade num escritório onde ficou responsável pela correspondência estrangeira, emprego que o ajudou a sobreviver enquanto idealizava projetos, participava de outros e escrevia sua obra.

Nas primeiras décadas do século XX, o panorama intelectual português era animado pelo dinamismo de revistas literárias que revelavam uma atuação intensa. Foram, a rigor, o palco predileto para o batismo e a afirmação autoral, o digladiar de polêmicas, a permuta de idéias. Revistas como *Águia, Orpheu, Portugal Futurista, Presença* e *Athena* tiveram um papel determinante para os autores daquela época, tornando-se referência vital para compreender a história literária de Portugal. Diversos autores atuaram em muitas delas, garantindo todo um alinhamento modernista desenvolvido ao longo do século passado.

Desde jovem Pessoa sonhou com projetos literários. Numa das temporadas que passou em Lisboa, após a morte de uma irmã, criou com um primo adolescente um jornal manuscrito repleto de humor e histórias. Tempos mais tarde, quando se muda para o país natal, e apesar da sua introversão característica, encarnou a figura de mentor, criador e animador de revistas literárias, em que publicou poemas, ensaios e traduções, dando a conhecer pela primeira vez o seu trabalho. Tais revistas tiveram uma periodicidade efêmera; outras prosseguiram, como a *Presença*, publicada entre 1927 e 1940.

A revista *Athena* é o exemplo sintomático dessa fugacidade, como *Orpheu*, da qual vieram à luz dois números e o terceiro, embora já em provas, ficou impossibilitado de circular devido à falta de dinheiro para pagar a tipografia. O projeto de Pessoa, fadado sempre ao insucesso, estampou cinco números. Concebido pelo poeta e um amigo pintor, Ruy Vaz, seguia os preceitos modernistas apresentando textos críticos, ensaios e traduções de autores até então pouco conhecidos. Sua periodicidade era mensal, e durou pouco mais de um ano, já que começara em 1924 e encerrara em 1925.

Essa revista possui especial relevância por mostrar Pessoa como um dos diretores e por ter sido em suas páginas que o autor se assumiu como criador dos heterônimos, para além de demonstrar sua capacidade como tradutor de escritores de língua inglesa.

Os contos de O. Henry que aqui se divulgam foram publicados no nº 3, "A teoria e o cão" e "O caminho que tomamos"; no nº 5 saiu "A decisão de Geórgia". Após a empreitada, Pessoa continuou a traduzir muito mais para o célebre baú onde acumulou quase toda a sua obra.

Os textos voltaram a aparecer numa coletânea, *Os Melhores Contos Norte-Americanos*[2], organizada pelo crítico e biógrafo do poeta, João Gaspar Simões. Desde então permaneceram esquecidos, até surgir uma nova edição, em 1999[3]. A edição, porém, veiculou os dois primeiros contos, deixando de lado o terceiro. De fato, sua idéia era editar uma seleção dos contos de O. Henry, como se poderá confirmar numa consulta à lista que o poeta engendrou para o malogrado projeto da editora Olisipo[4].

Contabilizando os textos traduzidos publicados em vida pelo autor, chega-se a um total de 26 – 13 de poesia, 13 de prosa. Estampou 15 desses textos nos cinco números de *Athena*, alternando prosa e poesia, todo o material restante apareceu

---

[2] Portugália Editora, Lx., 1954.

[3] *A Teoria e o Cão*, Assírio & Alvim, Lx., 1999.

[4] Ver *Pessoa Inédito*, org. Teresa Rita Lopes, Lx., Livros Horizonte, 1993.

aos poucos após a sua morte. Entre os autores que verteu para o português, e publicados em diversas revistas, contam-se Elizabeth Barret Browning, Aleister Crowley, fragmentos da poesia grega, Walter Pater, o já citado Hawthorne e um romance policial de Katherine Green, *O Caso da 5ª Avenida*.

Traduzir, para Pessoa, não foi só um ato de sobrevivência; o poeta investia-se do desejo de divulgar autores de outras literaturas, contribuindo para elevar a cultura portuguesa e, ao mesmo tempo, enxertando-a no espaço anglo-saxão, já que traduziu a si mesmo e outros autores portugueses. Mas não ficou por aí, refletiu constantemente sobre tradução, e todo o manancial dá uma idéia do seu interesse por esse exercício crucial para qualquer poeta.

No Brasil, o leitor conhecia apenas o conto "O caminho que tomamos", publicado na coleção Plaquetas da oficina[5]. Portanto, é a primeira vez que se reúnem os três contos do autor norte-americano traduzidos pelo poeta português mais lido em todo o mundo.

---

[5]   Imprensa Oficial do Estado/Oficina Rubens Borba de Moraes, 2002.

II

Se Pessoa forjou para si os célebres heterônimos como forma de consubstanciar seu pensamento multifacetado, o escritor norte-americano William Sidney Porter, por seu lado, criou o pseudônimo O. Henry para fugir de um passado atribulado que o levou à penitenciária de Ohio, onde, de certa maneira, renasceu como escritor.

Porter nasceu em 11 de setembro de 1862, em Greensboro, Carolina do Norte. Seu pai era médico e a mãe, filha de um editor de jornal. Se tivermos em conta a herança subjetiva, Porter herdou da mãe o dom da escrita e o temperamento artístico, já que ela diplomou-se com distinção com uma tese intitulada *A Influência da Falta de Sorte nos Bem-Dotados*, síntese profética do futuro do filho.

Influência direta recebeu-a mesmo da sua tia, miss Lina, com quem viveu vários anos. Foi na escola que a tia dirigia que aprendeu a respeitar a literatura e cultivou a devoção pelos clássicos, mesclando Homero, Shakespeare e mitologia às histórias que escreveu sobre homens e mulheres comuns do seu país.

Porter foi um autodidata genuíno, pois não seguiu os estudos, catapultando-se para a farmácia de um tio onde, aos 17 anos, encontrou um naipe valioso de personagens, fatos e casos que acabaram por inspirar o jovem. Dedicou-se ao novo emprego com sua habitual capacidade de aprendizagem, explorando inclusive essa experiência em seus contos. Nos três anos em que esteve atrás do balcão exercitou outra arte, a caricatura, utilizada amplamente em seu trabalho jornalístico.

Após um convite para viver no Texas, Porter abandonou a cidade onde nascera e seguiu seu caminho, sem imaginar que muitas atribulações estavam por vir. Viveu o período texano mais como observador. Apesar de conviver com cowboys na fazenda para onde se mudara, o jovem estabeleceu para si um plano de leitura intenso, dominado pelas obras de poetas, romancistas e historiadores de língua inglesa.

Em 1886 foi contratado como contador numa firma imobiliária e, depois, arranjou outro emprego como desenhista. Embora o jovem encantador conquistasse a admiração de todos que dele se aproximavam, mantinha uma paixão por Athol Estes, cuja família era contrária à relação dos dois. Porter resolve raptá-la e convence um juiz a fazer o casamento secreto.

Finalmente, em 1889, entra no First National Bank para trabalhar como caixa, função que acabaria por levá-lo ao desastre pessoal e à prisão, contribuindo para a sua fama. Tudo começou em 1894, quando o escritor concretiza o sonho de criar um jornal. Para esse efeito, comprou uma impressora e os direitos de um tablóide sensacionalista. Com um sócio, rebatizou o jornal como *Rolling Stone* e transformou-o num semanário, chegando a vender mais de 1500 exemplares.

Porter conseguiu manter o emprego no banco, enquanto escrevia praticamente sozinho as oito páginas do jornal, produzindo textos e anedotas e participando de todas as etapas da produção, da composição à impressão. Contudo, o sócio abandona a aventura, e o escritor herda todas as responsabilidades e dívidas. Para salvar o projeto, passou a tomar emprestadas altas somas do sogro e dos amigos e envolveu-se em negócios obscuros, freqüentando prostitutas, bares e salões de jogos, em Austin, onde então vivia. Como o dinheiro começou a escassear, ele resolve alterar a contabilidade e retirar dinheiro do banco onde trabalhava, pensando em repor quando pudesse. O plano não correu como previra. No final de 1889, a direção descobriu a ocorrência dos desvios, e Porter foi obrigado a demitir-se.

Amigos se propuseram a pagar o desfalque – cerca de 5 mil dólares –, mas o inspetor bancário federal foi pertinaz e levou o processo adiante. Mesmo desempregado, Porter continuou a fazer o jornal, publicado pela última vez em março de 1889. O escritor acabou por ser absolvido. Ele contou com a ajuda dos amigos do banco, que testemunharam a seu favor, embora as evidências fossem óbvias. Quem não se convenceu foi o inspetor, que continuou insistindo no caso, pressionando para que houvesse outro julgamento.

Após a absolvição, recebeu propostas para trabalhar em jornais e aceitou o cargo de redator no *Post* de Houston, cidade onde aprofundou seus dotes literários e jornalísticos. Conquistou logo a simpatia dos seus superiores e recebeu adiantamentos de salário. Sua fama crescia como autor de sátiras e caricaturas políticas estampadas no jornal, em conjunto com as histórias que também escreveu nessa fase. Gerava-se, nesse momento, o embrião do escritor que viria a ser reconhecido mundialmente.

No seguimento do processo, um mandado de busca fora acionado contra ele, que foi preso em Houston e enviado para Austin, onde foi posto em liberdade depois de o sogro pagar a multa. Obteve uma autorização para regressar a Houston e preparar sua defesa. Mas Porter não acatou os conselhos: em vez de seguir para a audiência na data marcada, julho de 1895, pegou um trem para Nova Orleans e, em seguida, viajou rumo a Honduras. Tal decisão marcou para sempre sua vida.

Em 1897, ao tomar conhecimento do estado grave da esposa, decide voltar para vê-la, mesmo sabendo que poderia ser preso. O tribunal de Austin lhe concede um adiamento, e a audiência realiza-se após a morte da esposa. Porter ficara viúvo, com uma filha pequena e na iminência de cumprir pena pelo crime ocorrido. Athol Estes faleceu em julho de 1897.

O novo julgamento ocorreu em fevereiro de 1898, e o escritor enfrentou quatro acusações, acrescidas de mais duas pela tentativa de fuga. A condenação era inevitável, desviara dinheiro e alterara os livros contábeis para ocultar o desfalque. Em abril desse ano, Porter tornou-se o prisioneiro nº 30664. Entrou na penitenciária de Ohio no fim do século XIX e saiu de lá no início do século XX, já reconhecido pelo pseudônimo que o consagrou, O. Henry.

A experiência como presidiário não desapareceu do seu espírito. Cultivou uma reserva explícita, antepondo a cautela para as novas amizades. Na verdade, talvez quisesse usar um simulacro para ocultar o seu passado ilícito, no afã de anular qualquer relacionamento, mantendo uma reticência quase obsessiva.

Depois de obter a liberdade, no início de 1901, viveu um período em Pittsburgh, reunindo-se à família e à filha, que acabara de completar doze anos. Mas precisava retomar seu percurso. No fim desse ano muda-se para Nova Iorque e mergulha no cotidiano da cidade onde sua obra será coroada de um êxito extraordinário e novos dramas. O. Henry vivia na maior cidade dos Estados Unidos e tornar-se-ia um dos seus intérpretes mais expressivos.

Os editores atentos interrogavam-se a propósito daquele nome que assinava histórias em revistas e jornais e procuravam-no com propostas para publicar seus trabalhos. Ao fim de um ano, o escritor teve a convicção de que adentrara finalmente na sua fase mais promissora. Recebeu um convite do *Sunday World*, um jornal cuja circulação atingia meio milhão de exemplares, e sua audiência se multiplicou, garantindo mais dinheiro para os gastos sempre vultuosos.

O escritor viu a fama crescer num curto espaço de tempo, enquanto deambulava por locais escusos, bares decadentes, misturando-se ao lado mais baixo da vida nova-iorquina.

Quatro anos depois da sua chegada, passou a reclamar novos contratos e reivindicar dez centavos por palavra para tudo o que fosse publicado com seu nome, amealhando a incrível quantia de 600 dólares mensais. Um feito para quem antes estivera preso por desfalque.

A sua assinatura passou a ser sinônimo de público leitor, logo, de acréscimo de vendas. Embora não tivesse publicado ainda um volume reunindo as histórias, o que veio a acontecer em 1904, quando publica *Cabbages and Kings*, Henry conquistara seu lugar como autor reconhecido. Dois anos volvidos, aparece *The Four Million*, e o escritor arrebatou de vez a consagração. A partir desse ponto, não parou de editar, os títulos sucederam-se mesmo após a sua morte. Como é comum, o sucesso não se refletiu em sua vida; o ritmo criativo entrou em declínio, a par da sua saúde e das agruras pessoais, tudo agravado por um segundo casamento desastroso.

Em 1909, o consumo diário de duas garrafas de uísque abalou o escritor, que resolveu partir para uma desintoxicação em Asheville; a segunda mulher segue para outra cidade, e Henry permanece quase seis meses tentando a cura. No fim desse período, volta para Nova Iorque com dívidas, produzindo muito menos do que exigia a demanda. Instalou-se num hotel e recusou-se a ver qualquer pessoa, sem sair do quarto, até que sobreveio o ataque, acompanhado da crise de cirrose e diabetes.

Faleceu no dia 5 de junho de 1910, no Polyclinic Hospital, em Nova Iorque. Segundo testemunhos, "não tinha propriedades nem bens, e suas dívidas ascendiam a milhares de dólares".

Aquele que deu voz aos norte-americanos anônimos com quem conviveu de perto – jovens balconistas, corretores ocupados, policiais, atores e desempregados, prostitutas e rufiões, vigaristas e inocentes –, após quase uma década da sua morte, conquistou o mundo de língua inglesa, e mesmo a Rússia consagrou a obra do escritor.

À revelia da crítica, O. Henry é considerado, hoje, um dos quatro mestres do conto norte-americano, na companhia de Edgar Allan Poe, Hawthorne e Bret Harte.

Jorge Henrique Bastos

três contos de o. henry

A decisão de Georgia

Se algum dos senhores alguma vez visitar a Repartição Geral das Terras, entre na sala dos desenhadores e peça que lhe mostrem o mapa do distrito de Salado. Um alemão lento – talvez o velho Kampfer mesmo – lho trará. Será quadrado, com um metro de lado, pouco mais ou menos, e feito em tela forte de desenho. Os dizeres e os algarismos estarão admiravelmente claros e visíveis. O título estará desenhado em estilo germânico, magnífico e indecifrável, carregado dos ornamentos teutónicos do costume – provavelmente Ceres ou Pomona encostada às iniciais com comucópias despejando uvas. Nesta altura diga a quem trouxe o mapa, que não é esse que deseja ver; peça que lhe tragam o antecessor oficial daquele. Então ele dirá, *Ach, so!,* e aparecerá com um mapa de metade do tamanho do primeiro, imperfeito, velho, roto e descolorido.

Reparando bem para o canto de noroeste, verá os contornos gastos do rio Chiquito, e talvez, se tiver bons olhos, descobrirá a testemunha silente desta narrativa.

* * *

O Comissário da Repartição das Terras era do género antigo: a sua cortesia antiquada era formal de mais para o tempo em que vivia. Trajava de bom preto, e havia qualquer coisa vagamente evocadora do romano no comprimento das abas do seu fraque. Os colarinhos que usava eram "pegados" (os camiseiros é que têm culpa da palavra); a gravata, que lhes sobrepunha, uma tira estreita e funérea, atada com o mesmo laço que os atacadores das suas botas. Seu cabelo branco era um pouco comprido de mais, mas estava sempre arrumado. Tinha a cara toda rapada, como os estadistas de outrora. A maioria da gente achava a sua expressão um pouco dura, mas, quando despida da atitude oficial, alguns tinham encontrado um semblante inteiramente diferente. Especialmente terno e suave o acharam aqueles que estiveram junto dele quando foi da doença final da sua única filha.

Havia anos que o Comissário era viúvo, e a sua vida, fora dos seus deveres oficiais, tinha sido tão dedicada à sua pequenina Georgia, que se falava dessa vida como de uma coisa tocante e admirável. Ele era um homem reservado, de uma dignidade quase dura, mas a criança tinha atravessado isso tudo e ido direito ao seu coração, de modo que quase não sentia a falta do amor materno que perdera. Havia entre pai e filha uma camaradagem enorme, pois ela tinha bastante do feitio dele, sendo séria e pensativa para além do que a sua idade faria esperar.

Um dia, estando ela de cama, com uma febre alta a arder-lhe nas faces coradas, disse de repente:

"Papá, eu queria fazer qualquer coisa de bom para uma grande quantidade de crianças!"

"O que é que querias fazer-lhes, amor?" perguntou o Comissário. "Dar-lhes uma festa?"

"Não, não é essa espécie de crianças. Eu quero dizer as crianças pobres, que não têm casa, e que não têm ninguém para gostar delas e tratar delas como eu tenho. Olhe, papá!"

"O quê, amorzinho?"

"Se eu não melhorar, paizinho, eu deixo o paizinho a elas – não o *dou*, mas empresto-o, porque o paizinho tem que vir ter com a mamã e comigo quando morrer também. Se tiver tempo, o paizinho faz qualquer coisa para bem delas, se eu lhe pedir, não faz?"

"Sossega, filhinha, sossega", disse o Comissário, pondo a mão dela, que escaldava, contra a própria face; "tu estás melhor daqui a pouco, e depois nós dois veremos o que podemos fazer juntos para bem delas."

Mas, quaisquer que fossem os caminhos de benevolência, assim vagamente premeditados, que o Comissário pudesse trilhar, não haveria de ser neles acompanhado pela filha. Naquela mesma noite o pobre corpinho já não pôde resistir mais, e deu-se a saída de Georgia daquele grande palco onde mal tinha começado a dizer a sua pequena fala. Deve, porém, haver um director de cena que compreende. E ela tinha dado a deixa a quem haveria de falar a seguir.

Uma semana depois de ela ter desaparecido, o Comissário reapareceu na repartição, um pouco mais cortês, um pouco mais pálido e austero, com o eterno fraque preto pendendo um pouco mais solto do seu corpo muito alto.

A sua secretária estava apinhada de trabalho que se havia acumulado durante as quatro terríveis semanas da sua ausência. O adjunto tinha feito o que pudera, mas havia questões de direito, de decisões subtis a dar sobre a concessão de patentes, sobre a venda e aluguer de terras, sobre a divisão de novas terras, a conceder a colonos, em agrícolas e de pastagem, em regadas e florestais.

O Comissário entregou-se ao trabalho silenciosa e obstinadamente, recalcando o mais possível a sua dor, forçando seu espírito a prender-se no expediente complexo e importante da sua repartição. No segundo dia depois do seu regresso chamou o contínuo, apontou para uma cadeira de couro que estava ao pé da sua e mandou que a levasse para um quarto de arrumações que havia no sótão do edifício. Era naquela cadeira que Georgia sempre se sentava nas tardes em que vinha à repartição para sair com ele.

À medida que o tempo passava, o Comissário parecia tomar-se mais silencioso, mais solitário, mais reservado. Desenvolveu-se nele uma nova fase de espírito. Não podia suportar a presença de uma criança. Muitas vezes, quando, a barulhar, o filhinho de qualquer dos amanuenses entrava chilreando na sala grande ao lado do seu gabinete, o Comissário, erguendo-se sem ruído, ia e fechava a porta. Atravessava sempre a rua para não passar pelas crianças que vinham pelo passeio, em ranchos felizes, à saída dos colégios; e a sua boca firme fechava-se numa linha sem lábios.

Eram quase três meses depois que as chuvas tinham arrastado as últimas pétalas de sobre a pedra que cobria a pequenina Georgia, quando a firma Hamlin e Avery, "tubarões de terras", entregou o requerimento sobre o que lhe parecia a vaga mais "gorda" do ano.

Não se deve supor que todos aqueles, a quem se chamava "tubarões de terras", merecessem realmente o nome. Muitos eram homens sérios, de boa reputação comercial. Alguns havia que podiam entrar nos concílios mais augustos do estado e dizer, "Meus senhores, queremos isto e aquilo, e as coisas têm que ir desta e daquela maneira". Mas, depois de uma seca de três anos e uma epidemia nos semeados, o tubarão de terras era o que o Colono Real mais temia. O tubarão de terras pairava na Repartição das Terras, onde se guardam os registos de todas elas, e espiolhava "vagas", isto é, extensões de terrenos públicos inapropriados, invisíveis em geral nos mapas, mas na realidade existentes. A lei dava o direito a quem quer que possuísse já certos títulos de posse a requerer a posse de quaisquer terras que ainda não estivessem legalmente apropriadas. A maioria dos títulos estava já nas mãos dos tubarões de terras. Assim, com o dispêndio de poucas centenas de dólares, eles muitas vezes obtinham terras que valiam, pelo menos, outros tantos milhares. Como é de supor, era constante e tenaz o espiolhamento das "vagas".

Mas muitas vezes, muitíssimas, as terras que assim obtinham, ainda que legalmente "inapropriadas", estavam ocupadas por colonos felizes e tranquilos, que levavam anos de trabalho a construir ali os seus lares, apenas para descobrir, no fim, que a sua posse era ilegal, e receber mandado de saída imediata. Assim se formou o ódio amargo, e não de todo injustificável, que os pobres colonos trabalhadores sentiam para com os especuladores espertos, e muito poucas vezes misericordiosos, que frequentemente lhes arrancavam, de um dia para o outro, deixando-os sem lar e sem pão, os frutos inúteis do seu trabalho porfiado. A história do estado está cheia deste antagonismo. O tubarão de terras raras vezes mostrava a cara nas "locações" de onde teria que despejar as pobres vítimas de um sistema territorial monstruosamente embrulhado; deixava que os seus emissários tratassem disso. Havia em todas as cabanas chumbo em balas para ele; muitos dos seus pares tinham enriquecido a erva com o seu sangue. A culpa vinha de trás.

Quando o estado era jovem, sentia a necessidade de atrair os recém-vindos, e de compensar aqueles primitivos colonos que já estavam a dentro de suas fronteiras. Ano após ano se passaram patentes de terras – direitos de posse, concessões, doações de estado, patentes confederais; e passaram-se a companhias de caminho de ferro, a empresas de irrigação, a colonos em conjunto e isolados, enfim a toda a gente. Tudo que se exigia ao concessionário é que fizesse delimitar as terras, que lhe eram concedidas, pelo agrimensor do distrito ou da paróquia, e a terra assim apropriada tornava-se para sempre sua, e dos seus herdeiros ou legatários.

Nesses dias – e aí é que começou o mal – os domínios do estado eram por assim dizer inesgotáveis, e os antigos agrimensores, com liberalidade principesca, davam boa medida, e cheia a transbordar. Muitas vezes o homem de medidas e mensuras dispensava de todo os apetrechos do cargo. Montado num poldro que cobria pouco mais ou menos uma vara em cada passo, com uma bússola de algibeira para orientar o seu curso, fazia uma delimitação a trote, contando o bater das patas da sua montada, marcava os cantos, e escrevia as suas notas com a complacência produzida por um acto de dever bem cumprido. Às vezes – e quem é que o censuraria?

– quando o poldro procurava pasto, talvez fosse levado mais para cima e para longe, e nesse caso o beneficiário da patente apanharia mais mil ou dois mil acres verificados do que a patente rigorosamente exigia. Mas o estado tinha léguas sobre léguas de que dispor. O caso é que ninguém teve alguma vez que queixar-se de o poldro andar de menos. Quase todo o registo antigo no estado incluía um excesso de terras.

Em anos posteriores, quando o estado se tomara mais populoso, e o valor das terras subira, este trabalho imperfeito produzira inúmeras complicações, processos sem conto, um período de pirataria de terras e não poucas cenas de sangue. Os tubarões de terras caíram vorazmente sobre os excedentes ilegais dos antigos registos, e requeriam a patente de posse dessas extensões por serem domínio público inapropriado. Onde quer que fossem vagas as identificações das concessões primitivas, e os limites difíceis de estabelecer, a Repartição das Terras reconhecia como válidas as locações modernas, e passava títulos aos novos locadores. Aqui é que se dava o pior mal do sistema. Estes registos antigos, escolhidos do melhor das terras, estavam quase todos ocupados por colonos pacíficos e ingénuos, que viam de repente os seus títulos anulados, e terem que escolher entre comprar de novo as suas terras a preço dobrado, ou sair delas, com as famílias e os seus parcos bens, imediatamente. Novos locadores de terras surgiam às centenas, O país era esquadrinhado para "vagas" à ponta do compasso. Centenas de milhares de dólares de magníficas terras foram arrancados aos seus compradores e possuidores inocentes. Começou então uma hégira enorme de colonos expulsos, vagueando em carroças de toldos rotos, seguindo para parte nenhuma, rogando pragas à injustiça, sem destino, sem lar, sem esperança. Os filhos começavam a olhar muito para eles, a pedir-lhes pão e a chorar.

Era em virtude destas condições que Hamilton e Avery tinham requerido a posse de uma tira de terra de cerca de uma milha de largura e três de comprimento, compreendendo cerca de dois mil acres, que era o excesso do complemento do registo Elias Denny, de três léguas, sito sobre o rio Chiquito, em um dos distritos médios do ocidente. Diziam eles que estes dois mil acres de terra eram terra vaga, e que impropriamente se consideravam parte do registo Elias Denny. Baseavam esta alegação e o seu requerimento de posse em que os factos mostravam que o limite inicial do registo Denny estava bem identificado; que as notas indicavam que depois corria 5.760 varas para oeste, indo depois ter ao rio Chiquito; que daí seguia para o sul, com os meandros, etc. e tal, e que o rio Chiquito era, no próprio terreno, bem uma milha a oeste do ponto atingido pelo curso e medição. Em resumo: havia dois mil acres de terra vaga entre o registo Denny, propriamente dito, e o rio Chiquito.

Num dia tórrido de estio o Comissário pediu os documentos relativos a esta nova locação. Trouxeram-lhos, um maço enorme deles que avultava sobre a secretária – notas de campo, declarações, desenhos, depoimentos, provas de campo –, documentos de todas as espécies que a astúcia e o dinheiro de Hamlin e Avery puderam chamar em seu auxílio.

A firma estava apertando o Comissário para que desse uma patente da sua locação. Tinham informações particulares de que em breve seria construída uma nova linha de caminho de ferro que não passaria longe dessas terras.

A Repartição Geral das Terras estava quietíssima quando o Comissário se estava inteirando daquela documentação toda. No telhado do velho edifício acastelado ouvia-se o movimento e o arrulhar das pombas. Os empregados mandriavam por toda a parte, nem sequer fingindo merecer os seus vencimentos. Cada som, por pequeno que fosse, ecoava oco e alto do chão vazio, de lajedo, das paredes caiadas, do tecto com vigas de ferro. O pó de cal, impalpável, perpétuo, que não assentava nunca, branqueava uma tira de sol que atravessava o resguardo roto da janela.

Parecia que Hamlin e Avery não tinham encaminhado mal as coisas. O registo Denny estava mal definido, até para um período em que tudo se definia mal. O seu limite inicial, ou de partida, era idêntico ao de uma concessão espanhola antiga, perfeitamente definida, mas no resto a delimitação era vaga até mais não poder ser. As notas de campo não continham objecto algum que ainda existisse, excepto o rio Chiquito, e aí havia um erro de uma milha. Segundo o precedente, a Repartição poderia com justiça fazer-lhe o complemento em curso e medida, declarando o resto vago, e não um simples excedente.

O colono primitivo estava inundando a repartição de protestos *in re*. Tendo um faro especial para os tubarões de terras, tinha logo percebido que andavam enviados deles a cheirar os limites do solo que ocupava. Investigou, e soube que o espoliador tinha atacado o seu lar; e então deixou o arado onde estava e lançou mão da pena.

Um dos protestos leu o Comissário duas vezes. Era de uma mulher, de uma viúva, neta do próprio Elias Denny. Contava ela que seu avô tinha vendido a maioria do registo, havia anos, a um preço irrisório – terra que hoje era um principado em extensão e valia. A sua mãe tinha também vendido uma parte, e ela mesma tinha herdado esta porção a oeste, pelo rio Chiquito fora. Parte disto ela tinha tido que vender, para viver, e agora não era dona senão de uns trezentos acres, onde tinha a sua casa. A carta acabava de um modo um tanto triste:

"Tenho oito filhos, o mais velho de quinze anos. Trabalho todo o dia e metade da noite para cultivar a pouca terra que tenho e para poder comprar roupas e livros para os meus filhos. Também sou eu que ensino a ler a eles. Os meus vizinhos são todos pobres e também têm muita família. A seca dá cabo de tudo de dois em dois, ou de três em três anos, e então a gente mal sabe como há-de comer. Há dez famílias aqui nestas terras que os tubarões querem roubar-nos, e todas elas têm os títulos porque eu lhos passei. Vendi-os baratos e ainda não estão todos pagos, mas parte está, e se lhes tiram as terras eu morro. O meu avô era um homem de bem, e ajudou a fazer este estado, e ensinou os filhos a serem honrados, e então como é que eu havia de ficar para a gente que me comprou a mim? Senhor Comissário, se o sr. deixa aqueles tubarões tirarem a casa aos meus filhos e aos outros o pouco que eles têm para viver, então quem chamar grande a este estado ou ao seu governo não faz mais do que mentir com quantos dentes tem na boca".

O Comissário pôs de parte esta carta com um suspiro. Muitas e muitas cartas assim tinha ele recebido. Nunca o haviam ferido, nem alguma vez sentira que lhe eram dirigidas pessoalmente. Não era ele senão o servidor do estado; tinha que guiar-se por suas leis. Mas esta consideração, contudo, nem sempre, sem que soubesse porquê, conseguia eliminar um certo sentimento de responsabilidade que sobre ele pesava. De todos os funcionários do estado era ele o supremo na sua repartição, sem excluir o Governador. Seguia, é certo, as linhas gerais das leis sobre as terras; mas tinha uma grande latitude nas decisões sobre casos particulares. Aí, mais que às leis, seguia as decisões – as decisões e os precedentes da Repartição. Nas questões novas e complexas, que surgiam pelo desenvolvimento do estado, raras vezes alguém apelava da decisão do Comissário. Até os tribunais as sustentavam quando elas eram absolutamente justas.

O Comissário foi até à porta e dirigiu-se a um dos empregados que estava na sala do lado – dirigiu-se-lhe, como sempre, como se falasse com um príncipe de sangue:

"Sr. Weldon, quererá fazer-me o favor de pedir ao sr. Ashe, o avaliador das terras, para vir aqui falar comigo logo que lhe seja possível ?"

Ashe veio depressa da mesa grande onde estava coligindo os seus relatórios.

"Sr. Ashe", disse o Comissário, "o sr. trabalhou, não é verdade?, pelo rio Chiquito fora, no Distrito de Salado, na sua ultima volta. Tem alguma ideia do registo de três léguas chamado Elias Denny?"

"Conheço perfeitamente", respondeu o agrimensor brusco e afável. "Atravessei-o até quando ia ver o talhão H, que é para o norte dele. A estrada vai ao lado do rio Chiquito, pelo vale fora. O registo Denny tem uma frente de três milhas para o Chiquito."

"Alega-se" continuou o Comissário, "que chega só até uma milha do rio."

O avaliador encolheu os ombros. Era por nascimento e instinto um colono real, e portanto inimigo nato do tubarão de terras.

"Sempre se supôs que ia até ao rio", disse secamente.

"Mas não é esse o ponto que desejo discutir", disse o Comissário. "Que espécie de terras é que são essas do vale que formam parte, vá, do Denny?"

O espírito do colono real brilhou nos olhos de Ashe, e em todo o seu rosto.

"Lindas", disse com entusiasmo. "Um vale tão igual como este chão, só com uma pequena ondulação, assim como o mar, e rico a mais não poder ser. Só o mato bastante para abrigar o gado de inverno. Terra preta, muito boa, até seis pés; depois calcário. Rega-se bem. Há lá uma dúzia de casitas engraçadas, com moinhos e quintais. A gente é pobrezita, creio eu – está longe do mercado – mas parece não se dar mal. Nunca vi tanto miúdo na minha vida."

"O quê? Gado miúdo?" perguntou o Comissário.

"Não, não", riu o agrimensor. "Quero dizer miúdos de dois pés; de dois pés, e pernas nuas, e cabelo louro."

"Ah, crianças! Sim, crianças!" meditou o Comissário, como se tivesse de repente uma nova visão das coisas. "Há lá muitas crianças."

"É um lugar isolado, sr. Comissário", disse o agrimensor. "Só têm isso p'ra se entreter."

"E suponho eu", continuou o Comissário, devagar, como alguém que tira cuidadosamente conclusões de qualquer teoria nova e estupenda, "que nem todas serão louras. Não será absurdo, sr. Ashe, creio eu, supor que há algumas delas que tenham cabelo castanho, ou até preto."

"Claro: castanho e preto", disse Ashe. "Há de tudo: ruivo também."

"Sem dúvida", disse o Comissário. "Bem, muito lhe agradeço as suas informações, sr. Ashe. Não lhe tirarei mais tempo."

Mais tarde, já muito tarde, apareceram Hamlin e Avery, homens bem-parecidos, amáveis, lentos de movimentos, vestidos de cotim branco e com sapatos baixos. Deixavam por toda a repartição uma atmosfera de prosperidade afável. Ao atravessar por entre os empregados ficava um rasto de saudações amigas e de charutos dados.

Eram a aristocracia dos tubarões de terras, que se dedicava só a grandes negócios. Cheios de confiança serena em si mesmos, não havia corporação, sindicato, companhia ou procurador geral que fosse grande demais para o afrontarem. O fumo especial dos seus grandes charutos raros pairava nos gabinetes de todas as repartições do estado, em todas as salas de comissões do Congresso, em todos os gabinetes de gerência dos bancos e em todas as salas de combinação política da capital do estado. Sempre afáveis, sempre sem pressa, parecendo sempre dispor de tempo infinito, admirava-se a gente de quando é que eles davam atenção às muitas grandes empresas em que se sabia que estavam metidos.

Daí a pouco entraram os dois vagarosamente, e como por acaso, no gabinete do Comissário, e repousadamente se encostaram nas grandes poltronas de couro. Numa voz arrastada, queixaram-se do tempo que fazia, e Hamlin contou ao Comissário um caso magnífico que aquela manhã tinha ouvido ao Secretário de Estado.

Mas o Comissário sabia porque é que eles ali estavam. Tinha quase prometido dar nesse dia a decisão relativa ao requerimento deles.

O adjunto trouxe um maço de certidões em duplicado, para o Comissário assinar. Ao traçar a assinatura larga, "Hollis Summerfield, Comm. Rep. Geral das Terras", em cada exemplar, o adjunto, de pé, retirava-o com jeito e passava o mata-borrão.

"Reparo", disse o adjunto, "que o sr. tem estado a examinar aquele caso do Distrito de Salado. O Kampfer está acabando um mapa novo de Salado, e parece-me que está agora mesmo fazendo essa parte do distrito."

"Vou ver", disse o Comissário. E daí a uns momentos dirigiu-se para a sala dos desenhadores.

Ao entrar viu cinco ou seis desenhadores agrupados em torno da secretária do Kampfer, gargarejando uns para os outros em alemão gutural, e olhando para qualquer coisa que estava em cima da mesa. Ao ver chegar o Comissário, espalharam-se para os seus lugares. Kampfer, um alemão pequenino e mirrado, de cabelo louro quase frisado e olhar líquido, começou a balbuciar qualquer espécie de desculpa, relativa, supôs o Comissário, à congregação dos seus colegas em torno da secretária.

"Não faz mal", disse o Comissário. "Quero ver o mapa que o senhor está fazendo"; e, dando a volta ao velhote, sentou-se no banco alto de desenho. Kampfer continuou a escangalhar inglês num esforço de explicação.

"Herr Comissário, asseguro pastante que não foi de brobósito, que belas notas tinha que sair assim. Faz fafor de fer. Das notas do gampo estafa assim, faz fafor de fer: Sul, 10 graus oeste 1.050 faras; sul, 10 graus leste, 300 faras; sul, 100; sul, 9 oeste, 200; sul, 40 graus oeste, 400 – e assim bor teante... Sr. Comissário, nunca eu me lempraria..."

O Comissário ergueu em silêncio uma mão muito branca. Kampfer deixou cair o cachimbo e fugiu.

Com uma mão em cada face e os cotovelos sobre a mesa, o Comissário ficou fitando o mapa que ali estava aberto e preso, ficou fitando o perfil suave e nítido da pequenina Georgia ali perfeitamente delineado – o seu rosto sério, delicado e infantil, ali exposto num contorno exactíssimo.

Quando, por fim, aplicou seu espírito ao exame de como isso teria acontecido, viu que fora, como Kampfer dissera, feito sem propósito. O velho desenhador estivera traçando o registo Elias Denny, e o retrato de Georgia, apesar da grande parecença, era formado apenas pelos meandros do rio Chiquito. De resto, o livro de esboços do Kampfer, onde o trabalho preliminar estava feito, mostrava bem o cuidado com que tinha seguido as notas, os sinais claros das pontas do compasso com que medira. Depois, sobre o traço leve, a lápis, que resultara desse estudo, o Kampfer tinha traçado a tinta da China, com pena cheia e firme, a semelhança do rio Chiquito, e então desabrochara de repente, misteriosamente, o perfil suave e triste da criança.

Durante meia hora o Comissário esteve sentado ali, com o rosto entre as mãos, fitando, fitando, e ninguém ousou aproximar-se dele. Depois levantou-se e saiu da sala. Na sala de fora demorou-se só o tempo bastante para pedir que lhe trouxessem ao gabinete o processo do registo Denny.

Encontrou Hamlin e Avery ainda reclinados nas poltronas, aparentemente esquecidos de negócios. Estavam discutindo, numa conversa indolente, a ópera de verão, pois era seu hábito – e talvez seu orgulho – parecerem sobrenaturalmente indiferentes sempre que tinham em risco grandes interesses. E neste caso tinham mais a ganhar que muita gente poderia supor. Tinham informações confidenciais de que, dentro de um ano, uma nova linha férrea cortaria este mesmo vale do Chiquito, produzindo uma alta imediata nos valores das terras por onde passasse. Menos que trinta mil dólares de lucro nesta locação – um só dólar a menos –, se conseguissem obtê-la, seria uma desilusão para eles. Por isso, enquanto conversavam de assuntos sem importância, e esperavam que o Comissário se manifestasse, havia em seus olhos um brilho rápido, oblíquo, um desejo de ver claro o seu título àquelas boas terras sobre o Chiquito.

Um dos empregados trouxe o processo. O Comissário sentou-se, e escreveu nele qualquer coisa em tinta encarnada. Depois ergueu-se, e ficou de pé, hirto, olhando para fora, pela janela. A Repartição das Terras estava no cimo de uma colina alta. Os olhos do Comissário passaram por sobre os telhados de muitas casas, engastados no verde escuro dos arvoredos, cortado tudo por tiras de ruas de um branco que feria a vista. O horizonte, onde parou seu olhar, subia a um alto arborizado, sarapintado de pontos de branco brilhante. Era o cemitério, onde estavam muitos já de todo esquecidos, e alguns cuja vida não fora vã. E ali jazia alguém, ocupando muito pouco espaço, cujo coração de criança tinha sido grande bastante para desejar, quando ia deixar de bater, o bem dos outros. Os lábios do Comissário mexeram-se ao de leve, e murmurou para si: "Foi o seu último desejo, o seu testamento, e eu tanto me tenho esquecido!"

Os charutos grandes e escuros de Hamlin e Avery estavam já apagados, mas eles ainda os conservavam entre os dentes, apertadíssimos, enquanto pasmavam da expressão abstracta no rosto do Comissário.

De repente este falou.

"Meus senhores, acabo de endossar para patente o registo Elias Denny. Esta Repartição indefere o vosso requerimento, e não considera legítima a vossa posse". Parou um momento, e depois, estendendo a mão como o faziam os bons oradores dos velhos tempos, anunciou o espírito daquela decisão que havia de jugular para sempre os tubarões de terras e pôr o selo da paz e da segurança sobre as portas de dez mil lares.

"Esta Repartição faz mais", continuou, com uma expressão luminosa a pairar-lhe na face. "De hoje em diante esta Repartição decidirá que, quando um registo de terras feito sobre certidão passada por este estado aos homens que primeiro as ocuparam e cultivaram e as defenderam das tribos selvagens – feito de boa fé, aceite de boa fé, e transmitido de boa fé aos seus filhos e a compradores inocentes –, quando esse registo, ainda que exceda o seu complemento exacto, tenda para um limite natural visível aos olhos dos homens, até esse limite se terá por feito, e até esse limite será firme e válido. E os pequeninos deste estado poderão deitar-se de noite sossegados, e sossegados dormir, sem que a sombra dos usurpadores de títulos possa perturbar o seu sono. Porque", concluiu o Comissário, "deles é o Reino dos Céus."

No silêncio, que se seguiu, uma gargalhada subiu da sala das patentes, lá em baixo. O homem que levara o processo Denny estava mostrando a última folha a todos os empregados.

"Vejam vocês", dizia ele a rir, "o chefe já não sabe o seu nome. Olhem o que ele escreveu: 'Passe-se a patente ao concessionário original'; e depois assinou 'Georgia Summerfield, Comm.'"

O discurso do Comissário pouca mossa fez a Hamlin e Avery. Sorriram, levantaram-se sem deselegância, falaram de coisas de menos monta, e acabaram por afirmar com afinco que já corria algum ar. Acenderam novos charutos, e, despedindo-se afavelmente, desapareceram. Mas mais tarde, apelando, deram novo salto de tigre nos tribunais. Estes, porém, segundo um relato jornalístico, "assaram-nos no espeto", e sustentaram a decisão do Comissário.

E esta decisão se tornou um precedente, e o Colono Real pô-la numa moldura e ensinou os filhos a lê-la, e passou a haver sono tranquilo, de noite, em todos os lares, dos pinheirais às árvores do sul e do chaparral até ao rio grande que passa no norte.

Mas creio, e estou certo que o Comissário outra coisa não cria, que, quer o Kampfer fosse um instrumento esquisito e mirrado do Destino, quer os meandros do Chiquito por acaso ou não formassem aquele perfil suave e memorável, realmente resultou "qualquer coisa de bom para uma grande quantidade de crianças", e esse resultado deve chamar-se "a Decisão de Georgia".

A teoria e o cão

Há alguns dias passou aqui por Nova York o meu velho amigo dos trópicos, J. P. Bridger, cônsul dos Estados Unidos na ilha de Ratona. Bebemos e regosijámo-nos juntos, vimos o último edifício em altura, e descobrimos que havia duas noites que o circo tinha acabado. E, na vasante, íamos subindo uma rua paralela e plagiária da Broadway.

Passou por nós uma mulher de cara aprazível e mundana; levava preso um cachorro amarelo, um bruto resfolegante, mal-focinhado e oscilatório. O cão embrulhou-se nas pernas do Bridger e arreliou-lhe as canelas com uma mordedura rosnada e de má índole. O Bridger, num sorriso feliz, esvaziou-lhe os bofes com um pontapé: a mulher brindou-nos com um aguaceiro de adjetivos bem-orientados que não deixavam dúvida sobre o nosso lugar na opinião dela; e fomos andando. Dez passos depois uma velha de cabelo muito branco desgrenhado pedia esmola, a caderneta do banco agasalhada por baixo do chale esfarrapado. O Bridger parou e desenterrou em proveito dela uma moeda de prata do seu colete de feriados.

Na esquina seguinte um quarto de tonelada de homem bem-vestido, de queixada larga, branca, escanhoada, tinha por uma corrente um buldog de origem infernal cujas pernas dianteiras discordavam meio metro. Uma mulher pequenina, com um chapéu da penúltima moda, estava diante dele e chorava, que era evidentemente o que podia fazer, enquanto ele lhe chamava nomes numa voz baixa, doce, habituada.

O Bridger tornou a sorrir – em rigorosa confidência consigo mesmo – e desta vez puxou por um livrito de escrever e fez um apontamento do caso. Ora isto não tinha ele direito de fazer sem uma explicação, e foi o que eu lhe disse.

"É uma teoria nova", disse o Bridger, "que eu apanhei lá em baixo em Ratona. Tenho andado a colher elementos por onde quer que tenho andado. O mundo ainda não está preparado para ela, mas... Olha, vou-te dizer, e depois tu pensa em toda a gente que tens conhecido e vê o que te parece..."

Entalei o Bridger num lugar com palmeiras artificiais onde se bebe vinho; e ele contou-me a história que aí vai nas minhas palavras e sob a responsabilidade dele.

Uma tarde, pelas três horas, na ilha de Ratona, um garoto corria pela praia gritando, "*Pajaro* à vista!"

Assim fazia conhecer a agudeza do seu ouvido e a justeza da sua discriminação dos tons.

O que primeiro ouvia o apito de um vapor que se aproximava, e fazia disso proclamação oral, acertando tambem com o nome do vapor, era um pequeno herói em Ratona... até chegar o vapor seguinte. Por isso havia rivalidade entre a juventude descalça de Ratona, e muitos houve que caíram vítimas das buzinas de concha das chalupas que, sopradas ao de leve ao entrarem no porto, se parecem extraordinariamente com o sinal de um vapor longínquo. Alguns havia que vos poderiam dizer de que vapor se tratava quando a sua chamada, aos vossos ouvidos menos hábeis, vos não soaria mais alto que o suspiro do vento nos ramos dos coqueiros.

Mas o que hoje proclamava a chegada do *Pajaro* ganhara as suas honras. Ratona inclinou o ouvido, à escuta; e não tardou que se tornasse mais forte e mais próximo aquele som prolongado, até que por fim Ratona viu, por cima da linha de palmeiras na "ponta" baixa, os dois canos negros do vapor fruteira avançar vagarosamente para a entrada do porto.

Deveis saber que Ratona é uma ilha umas vinte milhas ao sul de uma república sul-americana. É um porto dessa república; e dorme suavemente num mar que sorri, não trabalhando nem fiando; nutrida pelos tropicos abundosos onde todas as coisas "amadurecem, cessam e caem para a cova".

Oitocentas pessoas ali sonham a vida numa vila cercada de arvoredo que se ajusta à curva em ferradura do seu porto pequenino. São, na sua maioria; mestiços de espanhol e índio, com umas sombras de negros de São Domingos, uma claridade de funcionários de sangue espanhol puro, e um leve fermento da espuma das três ou quatro raças brancas da vanguarda. Não há vapores que toquem em Ratona, a não ser os vapores fruteiros, que ali recolhem os inspectores de bananas a caminho da costa. Deixam jornais de domingo, gelo, quinina, presunto e material de vacina na ilha; e é este, pouco mais ou menos, o contato que Ratona tem com o mundo.

O *Pajaro* parou à entrada do porto, dando balanço forte na mareta que coroava de branco as ondas para além da água suave de dentro. Já duas embarcações da vila – uma transportando os inspetores de fruta, a outra indo buscar o que pudessem dar-lhe – estavam a meio-caminho para o vapor.

A embarcação dos inspetores foi içada para bordo com eles, e o *Pajaro* seguiu viagem para o continente com o seu carregamento de fruta.

O outro barco voltou a Ratona com uma parte do gelo dos frigoríficos do *Pajaro,* o maço de jornais do costume, e um passageiro – Taylor Plunkett, regedor do districto de Chatham, estado de Kentucky.

Bridger, o cônsul dos Estados Unidos em Ratona, estava limpando a espingarda na barraca oficial ao pé de uma árvore de banana-pão a uns vinte passos da água do porto. O cônsul ocupava um logar perto do fim da procissão do seu partido político. De ali quase que não ouvia a música. Os doces políticos iam para os outros. O quinhão do Bridger nos despojos – o consulado de Ratona – não era mais que uma passa, uma passa seca da repartição de "pensões de família" do Ministerio. Mas novecentos dólares por ano era a opulência em Ratona. Além disso o Bridger tinha contraído uma paixão pela caça aos jacarés nas lagoas ao pé do consulado, e por isso não era infeliz.

Levantou a cabeça de uma demorada inspecção dos fechos da espingarda e deu com um homem largo a encher-lhe o espaço da porta. Um homem largo, de movimentos lentos, queimado do sol até quase ao castanho de Van Dyck. Um homem de quarenta e cinco anos, vestido com decência simples, de cabelo claro e escasso, barba meio-grisalha bastante aparada, e olhos azuis exprimindo doçura e simplicidade.

"É o sr. Bridger, o cônsul – não é ?" disse o homem largo, "Indicaram-me que era aqui. É capaz de me dizer o que são aqueles cachos grandes de coisas que parecem abóboras naquelas árvores que parecem espanadores ali pela costa fora?"

"Sente-se", disse o cônsul, pondo óleo novo no trapo. "Não, na outra cadeira – a de bambu não agüenta consigo. Aquilo são cocos – cocos verdes. A casca é sempre de um verde claro antes de estarem maduros."

"Muito obrigado", disse o outro, sentando-se com cuidado. "Não gostava de ir dizer lá na terra que eram azeitonas a não ser que tivesse a certeza. Chamo-me Plunkett. Sou o regedor do distrito de Chatham, Kentucky. Tenho aqui na algibeira papéis de extradição autorizando-me a prender um homem aqui nesta ilha. Estão assinados pelo Presidente deste país, e estão em ordem. O homem chama-se Wade Williams. Está no negócio da cultura do coco. Matou a mulher aqui há uns dois anos. Onde é que o posso encontrar?"

O cônsul entortou um olho e espreitou pelo cano da espingarda abaixo.

"Aqui na ilha não há ninguém que se chame Williams", observou.

"Não esperava que houvesse", disse Plunkett com brandura. "Logo que seja ele, qualquer nome me serve".

"Além de mim" disse Bridger, "há só dois americanos em Ratona – Bob Reeves e Henry Morgan."

"O homem que quero vende cocos" lembrou Plunkett.

"Vê aquela fila de coqueiros que vai até à ponta?" disse o cônsul, apontando com a mão em direção à porta aberta. "Pertence ao Bob Reeves. O Henry Morgan é dono de metade das árvores do outro lado da ilha."

"Há um mês", disse o regedor, "o Wade Williams escreveu uma carta confidencial a alguém do distrito de Chatham, dizendo-lhe onde estava e como ia andando. A carta extraviou-se; e quem a achou não a guardou. Mandaram-me à busca dele, e tenho os papéis. Calculo que há de ser um dos seus homens dos cocos."

"Tem o retrato dele, não?" disse Bridger. " Pode ser que seja o Reeves ou o Morgan, mas detesto a ideia. São ambos belos rapazes, nem se encontra melhor procurando de automóvel um dia inteiro".

"Não", respondeu Plunkelt num tom de dúvida; "não se pôde obter retrato. Eu mesmo nunca o vi. Há só um ano que sou regedor. Mas tenho uma descrição bastante explícita. Um metro e oitenta, pouco mais ou menos; cabelo e olhos escuros; nariz quase aquilino; ombros pesados; dentes brancos e fortes, sem falhas; ri bastante, e fala muito; bebe bem mas nunca se embebeda; fita a gente nos olhos quando fala; idade, trinta e cinco anos. Qual dos seus homens é que é isto?"

O cônsul sorriu com amplidão.

"Olhe, sabe o que é melhor?" disse ele, depondo a espingarda e enfiando o casaco velho de alpaca preta. "O melhor é o sr. Plunkett vir comigo, e eu levo-o aos rapazes. Se me puder dizer a qual deles é que essa descrição calha melhor que ao outro, tem o sr. muito melhores olhos que eu."

Bridger saiu, guiando o regedor; seguiram pela praia dura, perto da qual se espalhavam as casitas da vila. Logo por detrás da povoação se erguiam de repente colinas pequenas, cobertas de arvoredo. Por uma destas acima, seguindo uma escadaria aberta na argila dura, conduziu o cônsul a Plunkett.

Na mesma beira de um alto assentava uma cabana de madeira, de dois quartos, coberta de palha. Uma índia estava cá fora lavando roupa. O cônsul levou o regedor até à porta do quarto que dava por sobre o porto.

No quarto estavam dois homens, que iam sentar-se, em mangas de camisa, a uma mesa posta para o jantar. Em pormenor, pouco se pareciam; mas a descrição geral dada por Plunkett poderia aplicar-se com justeza a qualquer deles. Em altura, cor do cabelo, feitio do nariz, arcabouço e modos qualquer dos dois se lhe ajustava. Eram tipos normais do americano jovial, esperto. de vistas largas, que haviam gravitado um para outro no isolamento de uma terra extranha.

"Olá, Bridger!" gritaram juntos ao ver o cônsul. "Vem jantar conosco!" E quando repararam em Plunkett, que o seguia, avançaram com curiosidade hospitaleira.

"Meus senhores", disse o cônsul, cuja voz assumira um tom desusadamente formal, "apresento-lhes o sr. Plunkett. Sr. Plunkett – o sr. Reeves e o sr. Morgan."

Os barões do coco saudaram com alegria o recém-vindo. Reeves parecia ser um pouco mais alto que Morgan, mas o seu riso não era tão vibrante. Os olhos de Morgan eram de um castanho escuro; os de Reeves eram pretos. Era Reeves o dono da casa, e ocupou-se desde logo em pedir mais cadeiras e em gritar à índia que pusesse mais talheres. Explicou se que Morgan vivia numa cabana de bambus "lá pró outro lado", mas que todos os dias os dois amigos jantavam juntos. Enquanto se aprontavam as coisas, Plunkett conservara-se de pé, parado, olhando de um lado para outro com os seus olhos de um azul pálido. Bridger parecia estar numa attitude de desculpa e de inquietação.

Por fim se puseram mais duas cobertas e se indicou a cada um o seu lugar. Reeves e Morgan estavam lado a lado, da banda da mesa oposta à das visitas. Reeves inclinou afavelmente a cabeça, em sinal de que todos se sentassem. Então, de repente, Plunkett levantou a mão com um gesto de autoridade. Estava fitando exactamente entre Reeves e Morgan.

"Wade Williams", disse sem elevar a voz, "está preso por homicídio."

Reeves e Morgan trocaram logo um olhar rápido, vivo, cuja qualidade era a interrogação, com um tempero de surpreza. Então, ambos juntos, voltaram-se para quem falara com um olhar comum de estranheza franca.

"Não percebemos nada, sr. Plunkett", disse Morgan com animação. "Foi *Williams* que disse ?"

"Que piada é esta, Bridger?" perguntou Reeves, voltando-se a sorrir para o cônsul.

Antes que Bridger pudesse responder, Plunkett falou de novo.

"Eu explico", disse, com a mesma voz branda. "Um dos senhores não precisa da explicação, mas ela é para o outro. Um dos senhores é Wade Willams, do districto de Chatham, Kentucky. Matou a sua mulher em 5 de Maio, há dois anos, depois de cinco anos de contínuas injúrias e maus-tratos. Tenho aqui na algibeira todos os documentos precisos para o levar para lá; e levo-o. Partiremos no vapor fruteiro que volta amanhã a esta ilha para deixar cá os inspetores. Confesso, meus senhores, que não sei qual dos dois é que é o Williams. Mas Wade Williams volta comigo amanhã para o districto de Chatham. Desejo que se compenetrem disso."

Uma grande rajada de riso alegre rompeu de Morgan e de Reeves e saiu para sobre o porto calmo. Dois ou três pescadores na armada de chalupas ali ancoradas chegaram a olhar, pasmando, para cima, para a casa dos *diablos americanos*.

"Meu caro senhor", exclamou Morgan, dominando o riso, "o jantar arrefece. Sentemo-nos e vamos a ele. Estou ansioso por meter a colher nesta sopa de peixe. O resto fica p'ra depois."

"Sentem-se, meus senhores, façam favor", disse Reeves com afabilidade. "Estou certo que o sr. Plunkett não se importará. Talvez até lhe sirva este bocado de tempo para identificar... o cavalheiro que ele quer prender."

"De modo nenhum; não me importo nada", disse Plunkett, caindo pesadamente na cadeira. "Também estou com fome. O que eu não queria era aceitar a hospitalidade dos senhores sem lhes fazer o aviso. É só isto."

Reeves pôs na mesa garrafas e copos.

"Aqui está cognac," disse ele, "e anis, e whisky, e bagaço. Escolham à vontade."

Bridger escolheu bagaço, Reeves deitou para si três dedos de whisky. Morgan fez o mesmo. O regedor, apesar dos protestos gerais, encheu o copo da garrafa de água.

"Bebo", disse Reeves erguendo o copo, "ao apetite do sr. Williams!" O encontro do riso e da bebida de Morgan fizeram com que este se engasgasse. Começaram todos a dar atenção ao jantar, que era bem cozinhado e saboroso.

"Williams!" chamou Plunkett, de repente e num tom seco.

Todos ergueram, pasmados, os olhos. Reeves deu com o olhar brando do regedor fito nele. Corou um pouco.

"Olhe lá!" começou com certa aspereza. "Chamo-me Reeves, e não quero que o senhor..." Mas chegou-lhe de repente o aspecto cómico do caso e acabou numa gargalhada.

"O sr. Plunkett sabe, naturalmente," disse Morgan, temperando com cuidado o seu prato, "que fará uma certa importação de arrelias para si em Kentucky se levar para lá um homem que não seja o que procura – isto é, se o sr. levar alguém?"

"Passava-me o sal, fazia favor?" disse o regedor. "Ah, alguém levo eu. Há de ser um dos senhores dois. Sim, sei que era cravado por perdas e danos se me enganasse. Mas vou ver se não me engano."

"Olhe, já sei o que o sr. deve fazer," disse Morgan, inclinando-se, com os olhos a sorrir. "Leve-me a mim. Vou sem dar incômodo. O negócio dos cocos correu torto este ano, e não se me dava extrair alguma massa aos seus fiadores."

"Isso não vale", interveio Reeves. "Não apanhei senão dezesseis dólares o milheiro pela minha última remessa. Leve-me a mim, sr. Plunkett."

"Hei de levar o Wade Williams," disse o regedor, pacientemente, "ou não hei de andar muito longe."

"É como estar à mesa com um espectro," observou Morgan, com um arrepio fingido. "E o espectro dum assassino, inda por cima! Passem aí os palitos à sombra do sr. Williams!"

Plunkett parecia tão despreocupado como se estivesse jantando à sua propria mesa no districto de Chatham. Era um bom garfo, e os pratos estranhos dos trópicos davam-lhe bem no paladar. Pesado, vulgar, quase indolente nos seus modos, parecia destituído de toda a astúcia e a vigilância do caçador. Deixou até de observar, com qualquer espécie de agudeza ou de discriminação esboçada, os dois homens, um dos quais ele se tinha comprometido, com pasmosa confiança, a levar de ali sob a acusação gravíssima de uxoricídio. Aí estava um problema, que, se o resolvesse mal, resultaria para ele num grave desconcerto, e, apesar disso, ali estava preocupado (segundo todas as aparências) só com o sabor, para ele novo, de uma costeleta de iguana, feita na grelha.

O cônsul sentia um acentuado mal-estar. Reeves e Morgan eram seus amigos e camaradas; mas o regedor de Kentucky tinha um certo direito ao seu auxílio oficial e ao seu apoio moral. Por isso Bridger era o mais calado de todos àquela mesa, e tentava avaliar para si o sentido da situação. Chegou à conclusão de que Reeves e Morgan, espertos ambos, como ele sabia que eram, tinham ambos concebido, quando Plunkett se explicou, e com a rapidez do relâmpago, a ideia de que talvez o outro fosse o réu Williams; e que qualquer deles tinha, nesse mesmo momento, decidido proteger lealmente o seu camarada do perigo que sobre ele impendia. Era esta a hipótese do cônsul e, se fosse um tomador de apostas numa corrida de astúcias pela vida e pela liberdade, teria carregado as probabilidades contra o regedor paciente do districto do Chatham, Kentucky.

Acabada a refeição, veio a índia e levantou a mesa, tirando a toalha. Reeves espalhou pela mesa magníficos charutos, um dos quais Plunkett, como os outros, acendeu com visível agrado.

"Pode ser que eu seja parvo", disse Morgan sorrindo, e piscando o olho a Bridger, "mas quero ter a certeza se sou ou não. Ora a minha ideia é que isto não é senão uma partida do sr. Plunkett, arranjada para assustar estes dois meninos da mata. Este Williamson vai ser preso a sério ou não?"

"Williams," emendou Plunkett sem sorrir. "Nunca arranjei partidas na minha vida. E sei que não era capaz de viajar duas mil milhas para fazer uma partida tão estúpida como esta seria se eu não levasse o Wade Williams comigo. Meus senhores!" continuou o regedor, passando agora os seus olhos brandos, imparcialmente, de cada um dos presentes para outro, "vejam se acham alguma graça a este caso. O Wade Williams está aqui, ouvindo as palavras que estou dizendo; mas por delicadeza falarei dele na terceira pessoa. Durante cinco anos fez passar à mulher uma vida de cão... Não; retiro isso. Não há cão em todo Kentucky que fosse tratado como ela foi. Gastou o dinheiro que ela lhe trouxe – gastou-o nas corridas, ao jogo, com cavalos e na caça. Era bom rapaz para os amigos, mas em casa um perfeito demônio, frio e duro. Fechou esses cinco anos de desprezo batendo na rapariga com a mão fechada – uma mão dura como pedra, – quando ela estava doente e fraca de tanto sofrer. Ela morreu no dia seguinte, e ele raspou-se. É só isto. E é bastante. Nunca vi o Williams, mas à mulher dele conheci-a. Não sou homem que conte metade. Ela e eu namorávamo-nos quando ela o encontrou. Foi a Louisvile, numa visita, e ali é que o viu. Confesso que ele me levou a melhor em quase tempo nenhum. Eu vivia então ali ao pé das montanhas. Fui eleito regedor do districto de Chatham um ano depois do Wade Williams matar a mulher. O meu dever oficial manda-me vir aqui procurá-lo, mas confesso que há também uma razão pessoal. E ele volta comigo. Sr. â... Reeves, dava-me um fósforo, se faz favor?"

"Esse Williams foi muito imprudente," disse Morgan pondo os pés ao alto, contra a parede. "em bater numa senhora de Kentucky. Parece-me ter já ouvido dizer que elas são levadas do diabo."

"Muito mausinho, esse Williams," disse Reeves, deitando mais whisky.

Ambos falavam com ar ligeiro, mas o cônsul viu e sentiu a tensão e o cuidado que punham no que faziam e diziam. "Bons rapazes!" disse para si; "ambos têm razão. Cada um está a aguentar o outro como um muro de tijolo."

Então entrou um cão no quarto onde estavam sentados – um cão comprido, castanho e preto, de orelhas longas, lento, confiado em ser bem-vindo.

Plunkett voltou a cabeça e olhou para o animal, que parou, confiadamente, a dois passos da cadeira dele.

De repente o regedor, com uma praga dura, saiu da cadeira e assentou no cão, com a bota pesada, um pontapé forte de maldade.

O cão, doido, assustado, de orelhas caídas e rabo retraído, deu um guincho agudo de dor e de surpresa.

Reeves e o cônsul ficaram sentados, nada dizendo, mas pasmados deste assomo de irritação no homem calmo do districto de Chatham.

Mas Morgan, com a cara roxa de cólera, pôs-se de pé num pulo e ergueu por sobre o regedor um braço de súbita ameaça.

"Seu... bruto!" gritou com alma, "porque é que você fez isso?"

As amenidades voltaram depressa. Plunkett deu uma desculpa imperceptível e voltou para a cadeira. Morgan, dominando a cólera com um esforço visível, voltou também para o seu lugar.

Então Plunkett, com um pulo de tigre, torneou o canto da mesa e fechou um par de algemas sobre os pulsos de Morgan, paralizado.

"Amigo de cães e assassino de mulheres!" exclamou; "vai-te já preparando para outro mundo."

Quando o Bridger acabou, perguntei-lhe:

"E acertou?"

"Acertou," disse o cônsul.

"Mas como é que ele soube?" perguntei. porque tinha ficado numa espécie de atarantação.

"Quando ele metia o Morgan na embarcação", respondeu Bridger, "no dia seguinte, para o levar para bordo do

Pajaro, este tal Plunkett parou para se despedir de mim e eu fiz-lhe a mesma pergunta.

"Sr. Bridger," disse ele, "sou de Kentucky, e tenho visto muito em matéria de homens e de bichos. E ainda não vi um homem que gostasse muito de cavalos e de cães que não fosse cruel para as mulheres."

Os caminhos que tomamos

Vinte milhas para oeste de Tucson o rápido parou ao pé de um depósito para tomar água. Além deste líquido, porém, a máquina daquele comboio adquiriu também outras cousas que lhe não convinham.

Enquanto o fogueiro estava baixando a mangueira de alimentação, o Bob Tidball, o Dodson "Tubarão" e um índio de raça cruzada chamado João Cão Grande treparam para a máquina e apresentaram ao maquinista os orifícios de três canos de revólver. As possibilidades desses orifícios a tal ponto impressionaram o maquinista que ergueu logo ambas as mãos num gesto do género do que acompanha a exclamação, "Conta lá!"

À ordem brusca do Dodson Tubarão, que era o comandante da força, o maquinista desceu ao chão e desligou a máquina e o tender. Então o João Cão Grande, empoleirado no carvão, sorriu por trás de dois revólveres apontados ao ajudante e ao fogueiro, lembrando que corressem a máquina cinqüenta metros pela linha abaixo e ali aguardassem novas ordens.

O Dodson Tubarão e o Bob Tidball, desdenhando proceder à limpeza de minério tão baixo como os passageiros, dedicaram-se ao veio magnífico que era o vagão de valores. Encontraram o guarda envolto na crença firme de que a máquina não estava tomando nada mais forte que água pura. Enquanto o Bob lhe tirava esta ideia da cabeça por meio de uma coronha de revólver, o Dodson Tubarão ocupava-se em ministrar uma dose de dinamite no cofre do vagão.

O cofre explodiu no sentido de trinta mil dólares, ouro e notas. Os passageiros espreitaram vagamente pelas janelas a ver de onde vinha a trovoada. O condutor puxou a correia que lhe ficou lassa e caída na mão. O Dodson Tubarão e o Bob Tidball, com o espólio numa saca de lona forte, saíram do vagão e correram pesadamente, com suas botas altas, até à máquina.

O maquinista, amuado mas prudente, correu velozmente a máquina, obedecendo às ordens, para longe do comboio parado. Mas antes que isto estivesse feito, o guarda do rápido, tendo dispertado do argumento com que o Bob Tidball lhe tinha imposto a neutralidade, saltou do vagão com uma Winchester e entrou no jogo. O sr. João Cão Grande, empoleirado no carvão, perdeu a vasa pelo processo involuntário de imitar perfeitamente um alvo. O guarda caçou-o. Com uma bala exactamente entre as espáduas, o cavalheiro de cor e indústria caiu para o chão, aumentando assim automaticamente em um-sexto o quinhão de cada um dos camaradas.

A duas milhas do depósito deu-se ordem ao maquinista que parasse.

Os ladrões gritaram um adeus de desafio e enfiaram pelo declive abaixo para os bosques que marginavam a linha férrea. Cinco minutos de caminho difícil através de uma mata de chaparral trouxe-os a um bosque mais aberto, onde estavam três cavalos, presos a ramos baixos. Um esperava o João Cão Grande, que nunca mais andaria a cavalo de dia ou de noite. A este animal tiraram os ladrões a sela e o freio, e puseram-o em liberdade. Montaram nos outros dois, extendendo o saco sobre a maçã da sela de um deles, e seguiram depressa mas discretamente através da floresta e por uma garganta primitiva e solitária acima. Aqui o animal que levava o Bob Tidball escorregou num pedregulho musgoso e partiu uma das pernas dianteiras. Mataram-o com um tiro na cabeça, e sentaram-se para realizar um conselho de fuga. Seguros por enquanto, em virtude do caminho tortuoso que haviam tomado, já a questão de tempo os não apoquentava tanto. Havia já muitas horas e léguas entre eles e a mais rápida perseguição que se pudesse organizar. O cavalo do Dodson Tubarão, de corda arrastada e freio caído, resfolegava e comia com agrado da erva à margem do riacho da garganta. Bob Tidball abriu o saco, tirou às mãos ambas maços de notas e um saco único de ouro, e riu com uma alegria de criança,

"Olha lá, meu grande pirata", disse ele rindo para Dodson, "bem dizias tu que a coisa se conseguia. Tens uma cabeça de financeiro que deixa atrás tudo no Arizona".

"O que é que a gente vai fazer a respeito de um cavalo p'ra ti, Bob? A gente não pode esperar aqui muito tempo. Logo de madrugada, com a primeira luz, os tipos estão na nossa pista."

"Oh, aquele teu bicho tem que levar dois um bocado", respondeu o Bob com otimismo. "Deitamos a mão ao primeiro bicho que encontrarmos por aí. Caramba, que fizemos bom negócio, hein? Aqui pelos sinais nas cintas e no saco temos trinta mil dólares – quinze mil a cada bico!"

"É menos que eu esperava", disse o Dodson Tubarão, dando pontapés leves nos pacotes. Depois olhou meditativamente para os flancos suados da sua montada.

"O Bolívar, coitado, está quase que não pode mais", disse ele devagar. "Que pena que o teu bicho se estropiasse!"

"Ninguém tem mais pena que eu", disse o Bob sem abatimento, "mas o que é que se há de fazer? O Bolivar é rijo, e pode bem com nós dois até arranjarmos outras montadas. Raios me partam, ó Tubarão, mas não me passa da ideia a piada que tem um tipo do leste como tu vir p'ra aqui ensinar-nos a nós do oeste a dar cartas no negócio de salteador! De que parte do leste é que és?"

"Estado de Nova York", disse o Dodson Tubarão, sentando-se num tom e mastigando um fio de erva. "Nasci numa herdade do districto de Ulster. Fugi de casa quando linha dezasete anos. Foi um acaso eu vir p'ra oeste. Eu ia pela estrada fora com a roupa numa trouxa a caminho de Nova York, da cidade. A minha ideia era ir p'ra lá e ganhar muito dinheiro. Uma tarde cheguei a um ponto onde a estrada fazia garfo, e eu não sabia por que caminho havia de tomar. Estive p'ra aí meia hora a estudar o caso, e depois tomei p'lo da esquerda. Nessa noite mesmo fui dar ao acampamento de um circo do oeste que andava dando espectáculos nas várias terras, e segui p'ra oeste com eles. Muitas vezes tenho pensado se não teria dado em qualquer coisa muito diferente se tivesse tomado o outro caminho."

"Hum, a minha ideia é que davas mais ou menos no mesmo," disse o Bob Tidball com uma filosofia alegre. "Não é os caminhos que a gente toma, é o que está dentro de nós, que faz com que a gente dê no que vem a dar."

O Dodson Tubarão levantou-se e encostou-se a uma árvore. Tomara eu que aquela tua montada se não tivesse estropiado, Bob", tornou ele a dizer, com uma certa tristeza.

"E dois!" concordou o Bob. "Era um belo bicho. Mas o Bolivar tira-nos aos dois da alhada. Olha lá, e o melhor é a gente ir-se pondo a mexer, hein? Vou meter isto tudo outra vez no saco, e ala para outra terra!"

O Bob Tidball repôs o espólio no saco, e apertou a boca deste, com força, com uma corda. Quando levantou a cabeça a cousa mais notável que viu foi o cano da pistola do Tubarão visando-lhe sem tremer o centro da testa.

"Deixa-te de piadas, rapaz", disse o Bob sorrindo. "A gente tem é que se pôr a mexer."

"Está quieto", disse o Tubarão. "Tu não te vais pôr a mexer para parte nenhuma, Bob. Tenho pena de t'o dizer, mas não há saída senão para um de nós. O Bolivar, coitado, está muito cansado, e não pode levar dois."

"Temos sido camaradas, eu e tu, Tubarão, há uns três anos" disse o Bob com sossego. "Muita e muita vez arriscou a gente a vida juntos. Sempre te tenho tratado às direitas, e julgava que eras um homem. Já ouvi coisas que contavam de ti, de como tinhas matado um ou dois homens de uma maneira esquisita, mas nunca acreditei. Ora agora, se estás a brincar comigo, desvia lá a pistola e vamo-nos embora. Mas se queres atirar, atira, filho de um lacrau!"

A cara do Dodson Tubarão tinha uma expressão de profunda mágoa.

"Não imaginas que pena eu tenho," suspirou ele, "a respeito daquele desastre que aconteceu ao teu cavalo, Bob."

A expressão no rosto do Dodson mudou de repente para uma de ferocidade fria mista de inexorável cupidez. A alma do homem mostrou-se de repente como uma cara sinistra à janela de uma casa honrada.

E, na verdade, nunca o Bob Tidball se poria mais a mexer para parte nenhuma. Falou a pistola do amigo falso, enchendo a garganta de um estrondo que os seus muros devolveram indignadamente. E o Bolivar, cúmplice inconsciente, levou depressa para longe o último dos salteadores do rápido, sem ter que "levar dois".

Mas à medida que o Dodson Tubarão galopava parecia que os bosques se esfumavam e desapareciam; o revólver na mão direita converteu-se no braço curvo de uma cadeira de mogno; a sela estava extremamente estofada, e ele abriu os olhos e viu seus pés, não em estribos, mas pousados alto na ponta de uma secretária rica.

Estou contando aos senhores que o Dodson, da firma de Dodson & Decker, corretores de Wal Street, abriu os olhos. Peabody, o empregado de confiança, estava de pé a seu lado, hesitando em falar. Lá em baixo havia um ruído confuso de rodas, e ao pé o sussurro acariciador de uma ventoinha eléctrica.

"Hum, Peabody", disse o Dodson, piscando os olhos. "Então não adormeci! Tive um sonho muito curioso. O que é que há?"

"É o sr. Wiliams, sr. Dodson, de Tracy & Wiliams, que está ali fora. Vem liquidar aquilo daquelas acções. A alta caiu-lhe em cima, lembra-se o sr. Dodson?"

"Sim, lembro-me. Como está isso cotado hoje, Peabody?"

"Cento e oitenta e cinco, sr. Dodson."

"Então é isso que ele paga".

"O sr. Dodson dá licença...", disse Peabody, com uma certa hesitação. "Desculpe-me falar nisso, mas estive a falar com o Wiliams. Ele é um velho amigo seu, e o sr. Dodson pode-se dizer que tem na mão todo este papel. Pensei se o sr... , isto é, pensei que o sr. talvez se não lembrasse que ele lhe vendeu o papel a noventa e oito. Se ele liquida ao preço do mercado, vai-se-lhe tudo quanto tem e ainda por cima, coitado, tem que vender a casa, e a mobília e tudo, para lhe poder entregar as acções."

A expressão no rosto do Dodson mudou de repente para uma de ferocidade fria mista de inexorável cupidez. A alma do homem mostrou-se de repente como uma cara sinistra à janela de uma casa honrada.

"Cento e oitenta e cinco é que ele paga", disse o Dodson. "O Bolivar não pode levar dois."

FONTE	Minion
PAPEL	Offset 75g/m^2
GRÁFICA	Bartira Gráfica
EDIÇÃO	julho de 2008